Il distributore di mamme

Impaginazione e redazione: Elàstico

I Edizione 2012

Anno 2014-2015-2016 Edizione 3 4 5 6 7 8 9 10 11 12

Stampato presso ELCOGRAF S.p.A. - Stabilimento di Cles (TN)

IL BATTELLO A VAPORE

Emanuela Nava

Il distributore di mamme

Illustrazioni di
Desideria Guicciardini

PIEMME

A Marco Verdone,
all'Isola di Gorgona,
al respiro della libertà.
E a Pippi.

1

IL SIGNORINO OSCAR ingurgitò la cioccolata in tazza, schioccando con soddisfazione la lingua. Era ora di finirla con tutte queste lagne sulla scuola, sui compiti che copiava, sui voti che falsificava, sulle lucertole che infilava nella borsetta della maestra. La mamma strega, chiamata al momento giusto, lo avrebbe difeso, riducendo suo fratello, il signorino Walter, a quel verme mosca che non era altro.

Il signorino Oscar ringraziò la mamma cuoca, che gli aveva preparato l'ottima cioccolata. – Grazie mamma, ora puoi smammare – disse.

– Grazie a te, signorino Oscar, per avermi scelto: digita il codice e chiamami ancora se vuoi un gelato o una torta allo sciroppo di mango – rispose lei e, senza indugio, tornò nel distributore a riposarsi.

Anche il signorino Oscar decise di riposarsi: aveva una pila di giornalini da sfogliare e leggere prima di affrontare il nemico. Chissà perché il fratello non si faceva mai i fatti suoi e lo fissava sempre con occhi da insetto indagatore, invece di stare in silenzio e osservare per aria?

Il signorino Oscar diede un'occhiata compiaciuta al distributore che custodiva in camera e si immerse nella lettura. Ripeteva tra sé la password; aveva ancora abbastanza spiccioli nel salvadanaio per zittire il signorino Walter e affittare tutte le mamme che desiderava.

Quando suo padre tornò a casa, dopo essere passato a prendere il fratello a scuola, il signorino Oscar era ancora sdraiato sul letto a leggere: non aveva quasi mai distolto gli occhi dai fumetti.

– Buongiorno, babbo.

– Buongiorno, Oscar, tutto bene oggi?

– Benissimo, ottimi voti come al solito.

– Ne sono lieto. Vorrei che anche Walter fosse diligente come te.

– Lo vorrei anch'io, babbo, ma purtroppo non ha nessun metodo, lo sai.

– Lo so.

Il signorino Walter era comparso alle spalle del padre. Avrebbe voluto difendersi, ma si limitò a scrutare il fratello maggiore in silenzio. Era un silenzio triste. E così deprimente, che per un istante il signorino

Oscar desiderò avere una mamma musicista. Costava solo pochi spiccioli e avrebbe rallegrato l'atmosfera con la chitarra e un paio di canzoni. Ma il fratello non si decideva ad abbassare lo sguardo: a un tratto aveva assunto un atteggiamento quasi di sfida, con le spalle tese e gli occhi stretti a fessura.

– Io non copio – disse a voce alta il signorino Walter, sperando di farsi udire dal padre che invece era scivolato silenzioso nel suo studio.

– Fai male – sorrise il signorino Oscar.

– E non faccio neppure orribili scherzi alla maestra e ai miei compagni – insistette il signorino Walter.

– Dovresti. I compagni che non aiutano non meritano nessun rispetto.

Walter guardava Oscar. Oscar guardava Walter.

– Spifferò ogni cosa al babbo – disse il signorino Walter a un tratto.

– Come vuoi, Walter, tu parlerai al babbo e io alla mamma.

Il signorino Oscar fece tintinnare gli spiccioli che custodiva dentro il salvadanaio.

– Sai che la mamma è partita! – esclamò il signorino Walter, fremendo di rabbia.

– È partita lei, ma ne sono arrivate altre. Molte altre – rispose il signorino Oscar e sorridendo volse lo sguardo verso il distributore. Un grande distributore di vetro e metallo che custodiva tutte le mamme che un bambino potesse desiderare.

Mamme cuoche
Mamme musiciste
Mamme da compleanno
Mamme da buona notte
Mamme fate
Mamme streghe
Mamme maestre
Mamme belle da acquistare solo per sé
Mamme brutte da acquistare
per fratelli e sorelle
Mamme web
Mamme per tutte le occasioni

2

ERA UN MAGNIFICO distributore, simile a quelli che si trovano nei bar o nelle stazioni e dispensano bibite o tramezzini. Per collocarlo in camera, il signorino Oscar aveva dovuto smontare una parte del suo armadio e trasferirla in solaio, rinunciando così ogni mattina a un ricco assortimento di felpe e magliette, ma il cambio era stato vantaggioso oltre ogni più gioiosa previsione. Scegliere la madre che si vuole, in qualsiasi circostanza, era il sogno che Oscar nutriva da tutta la vita e quando gli si era presentata l'occasione non aveva indugiato neppure un momento. Certo, trascinare quell'enorme scatola di ferro e vetro, pur munita di rotelle, dall'angolo del vicolo buio e chiuso dove l'aveva trovata, dopo che vi era stata gettata da chissà chi, come un rifiuto ingombrante, non sarebbe stata un'impresa facilissima senza il carrello preso a prestito al supermercato vicino.

Ma il signorino Oscar aveva convinto il signorino Walter, e il signorino Walter era uscito dal negozio con il carrello, un pacchetto di caramelle in regalo e i capelli arruffati per le carezze e i complimenti della commessa.

Nessuno può rifiutargli nulla, aveva pensato Oscar sorridendo al fratello. E, pur a disagio per l'invidia che cresceva, aveva continuato a sorridere mentre, insieme a lui, aveva fatto scivolare il carrello sotto il distributore.

Così erano tornati a casa: uno spingendo, l'altro trascinando. A turno, incuranti degli sguardi curiosi, a volte persino indagatori, dei passanti. Era un distributore che prometteva tali meraviglie, tali sorprese: era un incanto, pur camminando con fatica,

pregustare quello che molto presto sarebbe accaduto.

Il carrello preso in prestito al supermercato poteva fare le scale. Non fu difficile quindi attraversare l'androne, salire al terzo piano e riporre il distributore, seppure in modo provvisorio, in camera. Bisognava ancora smontare parte dell'armadio, fare ordine tra i fumetti, i libri e i giocattoli gettati in camera alla rinfusa. Bisognava anche mimetizzare il vetro anteriore, oscurandolo con festoni e nastri, come si addobba, se si fa festa, un mobile il giorno del compleanno. Qualche festone e qualche nastro sarebbero stati sufficienti, si disse il signorino Oscar. Il padre, il signor padre, non era il tipo da accorgersi e neppure da sospettare l'esistenza di una tale meraviglia.

3

– VUOI CHE TI RACCONTI la storia del cuoco che cucinava la frittata in salsa di stelle? O quella dell'uomo a cui avevano rubato il terzo piede?

– Vuoi che trasformi la vasca da bagno in un mare di coralli, con i pesci pappagallo e i delfini che cantano?

– Vuoi una mamma ai tuoi ordini?

– Digita il codice, inserisci le monete, e avrai tutto ciò che desideri, signorino.

Erano le mamme a chiamare signorini i due ragazzi.

Le mamme del distributore erano perfette, imbattibili nella loro specialità: chi cucinava lo faceva in modo eccellente, chi cantava aveva la grazia e la voce di un usignolo, chi raccontava le storie sapeva spaventare e rincuorare, suscitando nei signorini che ascoltavano incanto e brividi sulla pelle.

La mamma web era la più costosa: per programmare l'Accesso Riservato al distributore solo per il signorino Oscar e inserire la password e tutte le protezioni necessarie, era costata quanto fruttavano in mance tre voti alti e tre note di merito. Ma ne era valsa la pena. Era a questo che pensava il signorino Oscar con molto compiacimento, mentre, sdraiato sul letto, osservava il signorino Walter con una mano in tasca e il naso appiccicato al vetro, intento a chiedersi se sarebbe stato meglio scegliere una mamma maestra o una mamma narratrice.

La mamma maestra rispondeva a qualsiasi quesito, dettava i compiti o li scriveva addirittura, con la sua calligrafia chiara e minuta. Il signorino Oscar ne approfittava se era troppo stanco o affaticato o triste perché il signor padre non aveva sganciato

una mancia sufficiente ad assicurare il funzionamento del distributore per un'intera settimana.

Tutti i soldi allora venivano spesi per far stendere, compilare, redigere temi e frasi o risolvere complicate operazioni e quesiti matematici, con la speranza che voti alti e note di merito potessero andare a rimpinguare le scarse risorse del salvadanaio. Le mance non sembravano mai abbastanza al signorino Oscar e anche al signorino Walter, che, nonostante possedesse pochi spiccioli, non rinunciava a una mamma fata che alla sera gli raccontasse una storia, gli rimboccasse le coperte, lo coprisse di baci e carezze.

Ma ciò che più di ogni altra cosa deliziava il signorino Oscar era che le mamme fossero piccole, alte solo poco più di una mano. Se l'occasione si fosse presentata, se una di loro, dopo avere elargito i suoi favori, avesse cercato di far valere anche la sua autorità con frasi materne come: «Lavatevi le mani e a letto!», il signorino Oscar ne era certo, con un sorriso ma anche con molta fermezza, l'avrebbe sollevata, come si solleva una bambola di plastica o di pezza, e l'avrebbe riposta nel distributore senza nessuna indecisione.

Era questa la fantasia che compiaceva e rallegrava il signorino Oscar, che lo faceva sentire potente e invincibile.

Ma era questa stessa fantasia a turbare il signorino Walter che, da quando la sua mamma vera se n'era andata, provava invece sempre una grande nostalgia.

Era un martedì di fine aprile: il vento di tramontana soffiava gelido attraverso gli spifferi della finestra.

Il signorino Oscar aveva ancora con sé la pila di giornalini da sfogliare e leggere, e guardava con particolare compiacimento il fratello inerme davanti al distributore.

Ma il vento soffiava a raffiche, sollevava le onde, increspava il mare, spazzava le nuvole. Il cielo era sereno e dalla finestra della camera si scorgeva l'isola carcere. Il signorino Walter volse lo sguardo, immaginò i cormorani sugli scogli, le api che si posavano sui cisti rosa. Pensava a sua madre che da qualche giorno viveva dentro il carcere del promontorio, a lei che accudiva gli animali: li curava con il succo di aloe, li accompagnava fuori dalle stalle con carezze e parole gentili.

Pensava a lei, il signorino Walter, alla sua mamma, che anche in prigione sapeva cantare parole di libertà.

4

– NESSUNA DELLE MAMME contenute nel tuo distributore sa parlare ai vitelli! – disse il signorino Walter quando vide accendersi sul display la richiesta della password per la prima volta.

Il mare, l'isola lontana, immaginare la sua vera mamma che stava raccogliendo il fieno, mungendo, ma anche preparando tisane e infusi, come una maga avrebbe mescolato tra loro erbe e pozioni magiche, lo distolse per un po' dalla rabbia che provava per il fratello e per le sue sfide.

Ma poi il malumore crebbe, e con il malumore crebbero l'indignazione e la nostalgia.

Provò un dolore così forte per la mamma lontana che, per confortarsi, desiderò solo stringere tra le braccia una mamma narratrice, capace, con buone e belle parole, di lenire la sua malinconia.

Ma il display lampeggiava, e la mamma cassiera con un grande sorriso e il palmo della mano bene in evidenza era apparsa su un piccolo video.

– Password, password, prego. Sono la mamma cassiera. Monete e password, prego, signorino Walter.

Il calcio che Walter diede al distributore con lo scarponcino pesante, nella speranza di far saltare serratura e display e assicurarsi così la mamma narratrice che tanto desiderava, fu talmente forte che per un attimo ebbe paura di avere rotto lo sportello. Ed ebbe timore anche che il fratello lo attaccasse alle spalle, come fanno le tigri della giungla in cerca di prede.

Ma il signorino Oscar rise. E anche il padre dal suo studio lanciò solo una voce distratta: – Cosa succede?

Il display continuava a lampeggiare,

mentre una voce femminile ripeteva: – Password, password, prego. Sono la mamma cassiera. Monete e password, prego, signorino. Inutile dare calci al distributore. Password, password, prego. Non farti ripetere sempre la stessa cosa, signorino.

Intanto la mamma di Oscar e di Walter, la mamma grande e vera che si chiamava Emma e viveva nel carcere dell'isola e preparava le pozioni che davano forza agli animali, mungeva le mucche. Lo faceva dopo aver permesso che i vitelli, per primi, poppassero il latte buono che sgorgava dalle loro mammelle.

Nel carcere gli animali erano liberi. Liberi di correre, di pascolare, di accudire con tenerezza i figli e di intrecciare amori. Lo facevano le mucche con i tori, le asine con gli asini, le pecore con i montoni, le galline con i galli del pollaio. Dopo la stagione degli amori nascevano i piccoli di quella gioiosa fattoria che dava uova, latte e formaggio ai prigionieri.

Ma nel carcere isola, in quel carcere speciale dove l'orizzonte era il mare, anche gli uomini erano liberi. Liberi di redimersi e liberi di sognare. Non c'era delitto o crimine che avessero commesso, che non meritasse di essere redento, spazzato via come il vento spazza e trasforma le nuvole del cielo.

– Ah, le nuvole! – sospirava Emma. – Che meraviglia le nuvole, così capaci di mutare forma!

5

Il signorino Oscar era raggiante.

– Password, password, signorino – ripeteva la mamma cassiera.

Il signorino Oscar si avvicinò al distributore, digitò la password, inserì le monete richieste e, dallo sportello grande in basso, fece uscire la mamma narratrice. Era una mamma piccola e magra con una grande borsa e una matita che le annodava i lunghi capelli scuri.

– Walter, ecco la mamma che desideri – disse Oscar.

Dopo avere sferrato il calcio al distributore, Walter si era rintanato sul letto e da lì guardava la mamma narratrice e il fratello. Di lui non si fidava, sospettava qualche trucco. Non era da Oscar concedergli all'improvviso un regalo così bello.

– Non la voglio – disse. – Da te non voglio nulla.

– Davvero? Rinunci a lei? Ha una borsa piena di libri...

La mamma narratrice sorrideva. Si era seduta accanto a Walter e piano, con molto garbo, mostrava al bambino i libri che aveva portato con sé.

– Posso leggerti tutte le storie che vuoi, caro. Posso cominciare a leggerle ora e proseguire per tutta la notte. Di giorno e di notte bisogna sognare, signorino Walter – sussurrò la mamma narratrice. – Vuoi sognare insieme a me?

Walter era tentato. La mamma lo guardava con due occhi chiari e trasparenti che sembravano ipnotizzarlo.

Anche Oscar insisteva.

– So che sei arrabbiato con me a causa della password, ma facciamo la pace!

La mamma aveva iniziato a leggere. Era

una storia che parlava di mare, di pirati e di vascelli.

– *Era mezzogiorno nei Mari del Sud. Il dispensiere sporse la faccia dal portello della cabina per annunciare il pranzo: pane nero e sardine sotto sale. Il Corsaro, seduto sottovento sulla lancia di poppa, stava osservando il sole e, con rapidi calcoli, ne misurava di nuovo la latitudine.* Ti piace, Walter? Vuoi che continui? – chiese la mamma narratrice alzando a un tratto gli occhi dal libro.

Walter amava i pirati. Gli ricordavano gli uomini che vivevano nell'isola carcere, quella dove Emma prodigava a tutti, con le sue pozioni, gioia e coraggio.

– Sì, continua, mamma narratrice, grazie.

Fu così che accadde.

Mentre Walter ascoltava rapito la storia del Corsaro che, dopo il pranzo di pane e sardine, ordinava alla sua ciurma *Imbrogliate la vela maestra e la randa! Barra a tribordo! Gettate il solcometro!*, Oscar uscì dalla stanza.

– Walter non fa i compiti! – esclamò, entrando nello studio del padre.

Il padre era seduto alla scrivania, indaffarato con certi conti che nonostante i ripetuti tentativi non davano il risultato sperato. Avvertì sollievo per l'interruzione.

Si alzò, deciso ad andare a sgridare il figlio, e così facendo sgranchirsi le gambe e dimenticare per un po' quei calcoli astrusi.

Quando fu nella stanza dei ragazzi, vide che Walter si era addormentato. La mamma narratrice era solo una bambolina silenziosa appoggiata al cuscino.

Intanto, nello studio, Oscar sfilava dalla tasca grande dei pantaloni il diario: sulle ultime pagine c'erano almeno cinque note, scritte a caratteri cubitali.

Le firme false, le fece con la penna stilografica a inchiostro verde, l'unica penna con cui il padre scriveva, e perché sembrassero ancora più autentiche vi appose anche il timbro, quello con cui lui vidimava ogni cosa, soprattutto i conti, quando finalmente risultavano esatti.

6

L'AEREO CHE COVAVA le uova era stata un'idea della mamma strega. Non erano nati piccoli aerei e neppure pigolanti pulcini, ma le uova di cioccolato che si erano sciolte sui pantaloni del bidello, chiazzandogli il fondoschiena in modo indecente, avevano colto di sorpresa tutta la classe che per rispetto si era trattenuta dal ridere.

Era un bidello gentile, che sedeva in corridoio accanto a un calorifero e che si alzava a ogni occasione per rispondere ai bambini più grandi e accudire quelli più piccoli. Per tutti aveva parole delicate e gesti pieni di garbo. Ma Oscar trovava stucchevoli quei modi semplici e ricchi di affetto.

Le uova di cioccolato erano state nascoste sotto un aereo di carta steso sulla sedia del corridoio accanto al calorifero.

Il bidello che si era accomodato, senza fare caso all'aeroplano, aveva lanciato un urlo di raccapriccio, mentre la classe, dopo un grande imbarazzo, si era chiusa in un invincibile silenzio. La notizia della mamma strega, capace di suggerire le più terribili nefandezze a Oscar, si era diffusa tra i bambini. E i compagni erano così turbati e indignati da non desiderare di condividere neppure con un sospiro un simile potere.

Quando, in gran delegazione, era giunta la preside seguita dalle maestre e dagli altri bidelli, tutti decisi a trovare il colpevole, l'unico che aveva parlato era stato lui, Oscar.

«Gli aerei covano le uova!» aveva esclamato. Poi dallo zaino aveva estratto un altro aereo di carta, più voluminoso e pesante, a cui aveva dato con un soffio sulla prua la potenza necessaria per volare. Appena

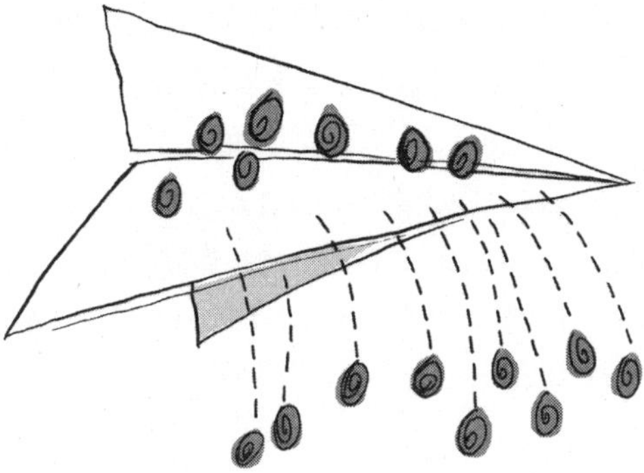

l'aeroplano aveva aperto le ali e si era lasciato trasportare lungo le deboli correnti d'aria del corridoio, i bambini e i grandi con il naso rivolto in alto avevano visto scendere dal cielo, come tante piccole bombe, decine di piccole uova di cioccolato.

Anche se le uova erano avvolte in belle stagnole di tutti i colori e i bambini si erano messi a scartarle allegramente, il sapore di cioccolato era disgustoso: sapeva di aglio, muffa e assafetida.

Era davvero troppo. Le note erano state cinque, scritte con grandi paroloni e grandi svolazzi sul diario a turno dalla preside, dalle due maestre e dai due bidelli.

SIRENA STONATA, CATENA DI SMONTAGGIO, TIRAMIGIÙ, CERVELLO DI MEDUSA FRULLATA, TERRORISTA EXTRACELESTE era dichiarato a caratteri cubitali sulle cinque note, tutte dettate con grande enfasi dalla maestra d'italiano, che in cuor suo era convinta di avere un'eccellente fantasia. In calce, scritta in rosso, c'era la preghiera che il padre e la madre (a proposito, il signor padre di Oscar poteva rivelare, anche in gran segreto, dove fosse finita la signora?) si preoccupassero di educare meglio il figlio. Aveva già infilato una lucertola nella borsetta della maestra d'inglese, una *lizard* come l'aveva chiamata lei, con perfetto accento di Oxford. Cosa ci si poteva aspettare da un simile esemplare umano? Che bombardasse la classe con pidocchi o tarantole, che infilasse un piranha nella vasca dei pesci rossi dell'atrio, che passeggiasse nel giardino della scuola con un'iguana crestata al guinzaglio, molto più lenta di una lucertola, ma molto molto più ingombrante!?

7

INTANTO, MENTRE OSCAR traccia con molta precisione le firme false nello studio del signor padre, Emma raccoglie dai rami della passiflora le crisalidi, i bruchi avvolti in bozzoli di seta, che presto si trasformeranno in farfalle, e le ripone con grande cura in una scatola di cartone foderata di foglie.

Ci sono molte farfalle sull'isola, rosse, blu, verdi, di tutti i colori. Volano tra il timo, la salvia, il rosmarino e l'ortica.

Le crisalidi saranno un regalo per Pietro, il prigioniero che ha rubato la statua dalla piazza del suo paese per donarla alla sua amata, e che ora sconta la sua lieve pena, portando le mucche al pascolo, parlando con loro e, quando nessuno lo sente, persino muggendo.

Era la statua di marmo di una dea egizia con le corna di mucca e il sole sul capo. Era la dea dell'amore e della gioia, quella che aveva rubato. L'aveva staccata dal piedistallo con puntali e scalpelli, stando molto attento a non procurarle neppure un graffio. Quante volte lo aveva ripetuto ai poliziotti!

«Signori poliziotti, potete immaginare un regalo più bello?»

«Sì, un anello, una rosa o un cuore di cioccolato» avevano risposto loro.

«Oh no! È la statua magnifica di una dea potente e protettrice il dono di un vero innamorato.»

Quando era finito nel carcere dell'isola, dopo un processo breve e un sorriso amichevole da parte del giudice, Pietro aveva chiesto di occuparsi delle mucche, di portarle al pascolo all'alba, perché il sole che spuntava e le corna ricurve gli ricordassero sempre la statua e il suo lontano amore.

Poi un giorno, un pomeriggio caldo e afoso, con l'acqua e la terra aveva impastato una nuova statua. Lo aveva fatto nello spiazzo davanti alle camerate, mentre gli altri carcerati lo osservavano all'ombra delle tettoie, seduti su sedie a dondolo come vecchi cowboy di film americani.

Quando la statua fu terminata, ed era così bella con lo sguardo di una dea illuminata dal sole, ma anche con lo sguardo di una donna illuminata dall'amore. Insomma quando la statua fu terminata ed era così bella che anche le guardie carcerarie si erano incantate a osservarla, Pietro con un pennello la spalmò di miele.

Non era stato necessario aspettare molto. Le formiche che correvano tra i sassi, che si nascondevano tra le siepi, avevano percepito l'odore del miele e si erano arrampicate sulla statua. A guardare quelle file che si incontravano e si intrecciavano pareva di vedere tanti geroglifici neri.

«Parole d'amore» disse Pietro. «Le formiche stanno scrivendo le mie parole d'amore.»

Emma, la dottoressa che cura gli uomini e gli animali, in un carcere dove gli uomini e gli animali sono liberi. Liberi di allevare mucche, pecore, galline, api, liberi di coltivare le verdure dell'orto, ma soprattutto liberi di sognare, stringe la scatola che custodisce le crisalidi, pensando a Oscar e a Walter, i suoi amatissimi figli.

«Vorrei che un giorno anche loro si trasformassero in farfalle» pensa.

Poi, sorridendo a Pietro, dice tra sé: «Fra qualche giorno le crisalidi si schiuderanno e diventeranno farfalle. Tutte insieme si alzeranno in volo e ti saluteranno mentre ti imbarcherai per tornare a casa».

8

– SVEGLIA, SVEGLIA! –. Il signor padre aveva tentato in tutti i modi di fare alzare Walter, di indurlo a lavarsi almeno il viso per poi sedersi alla scrivania a compiere il suo dovere. Si trattava di eseguire solo pochi conti, molto meno complessi dei suoi che a pensarci bene quel giorno non risultavano mai esatti, neppure a rifarli mille volte.

Ma Walter era così profondamente addormentato che né le invocazioni né gli strattoni con cui il padre cercava di risvegliarlo sortirono alcun effetto.

C'era una bambolina con gli occhi chiusi appoggiata al cuscino.

– Non l'ho mai vista – sentenziò il padre. La raccolse, la osservò con attenzione. Con un lieve movimento della mano, riuscì a farle alzare le palpebre. Aveva occhi bellissimi, ma per il resto sembrava sul punto di rompersi. La piccola matita che le annodava i capelli le era scivolata sul collo e le braccia erano slogate. Quando lui cercò di posarla di nuovo sul cuscino, accanto al figlio, dove l'aveva trovata, entrambe le braccia caddero per terra, rotolando sotto il letto.

Allora si chinò per raccoglierle, ma non riuscì a trovarle: sotto il letto c'erano troppe cianfrusaglie.

«Pazienza!» pensò.

Le palline, i dadi, le pedine della dama e degli scacchi, i pezzi delle costruzioni, le figurine, i magneti, le scatole dei giochi erano talmente tanti e gettati alla rinfusa che, si disse, non era il caso di perdere tempo per cercare due braccia minuscole, che senz'altro si erano nascoste molto bene e non avevano nessuna intenzione di farsi trovare.

Ripose la bambola sul cuscino così com'era e uscì lanciando solo un nuovo e distratto sguardo alla stanza dei suoi figli: per un istante gli sembrò di notare un armadio grande, di vetro e ferro, che non aveva mai notato prima. Ma fu solo un attimo, il pensiero di quei conti che nonostante i suoi sforzi non volevano risultare esatti lo assalì con una tale forza che per poco non fu sopraffatto dall'ansia.

– Pensa tu a tuo fratello – disse a Oscar, entrando nello studio. – Non sono riuscito a svegliarlo.

Oscar aveva appena terminato di tracciare con cinque ghigni di autentica soddisfazione le cinque firme false, complete di cinque piccoli svolazzi verdi che terminavano dove iniziavano i timbri, così come gli aveva suggerito la mamma strega.

«Un capolavoro, signorino Oscar!» gli aveva detto lei, affacciata al taschino.

Era una mamma con i lunghi capelli di fuoco e gli occhi luminosi da gatta. Stava affacciata alla tasca della camicia di Oscar, come al davanzale di una finestra.

Il padre, entrando nello studio, la vide, ne osservò per un attimo la chioma rossa e arruffata.

«Toh, i miei figli giocano con bamboline dall'aspetto molto disordinato» pensò, lanciando anche a Oscar un'occhiata veloce. «Non me ne ero mai accorto.»

Ma i conti erano veramente difficili, e se non si fosse seduto alla scrivania subito e senza indugio, se non si fosse apprestato a risolverli, con molta determinazione e molta pazienza, senza perdere altro tempo dietro alle stranezze dei suoi ragazzi, correva il rischio di non finire il suo lavoro neppure per l'ora di cena.

9

QUANDO SI SVEGLIÒ, Walter aveva ancora negli occhi il sogno del Corsaro, lui stesso nel sogno era stato il Corsaro che senza paura solcava i Mari del Sud, affrontava le bufere, l'oceano in tempesta, e quando le onde si placavano osservava il sole e calcolava la latitudine mangiando un piatto di sardine. – Grazie per la storia – disse Walter alla mamma narratrice.

– Grazie a te per avermi ascoltato – rispose lei. – Quando vuoi, sono sempre a tua disposizione.

– Lo sai che non conosco la password. Non potrò più chiamarti.

– Oh! – esclamò la mamma narratrice. – Allora verrò io da te. Ti insegnerò a ballare.

La mamma narratrice fece un inchino, una piroetta, una giravolta, saltò giù dal letto e così danzando si avvicinò al distributore.

Fu allora che Walter si accorse che non aveva le braccia.

– Cos'è accaduto? Hai perso le braccia?

La mamma scosse la testa: – No, non le ho perdute, devono essermi solo cadute mentre dormivo. Non importa, le cercherò un'altra volta. Lo sai che posso fare qualsiasi cosa solo con i piedi: bere il caffè, guidare l'automobile, condurre una barca. Persino lo shampoo.

La mamma si era avvicinata al distributore. Allungò una gamba e con l'alluce destro digitò il numero personale che le avrebbe permesso di rientrare.

Sembrava una contorsionista del circo, una di quelle magnifiche e coraggiose contorsioniste, che riescono a infilarsi persino nei cassetti: con le dita dei piedi si grattò la testa, si riannodò i capelli, si soffiò il naso, stringendo un fazzoletto che aveva levato dalla tasca. Si dipinse il viso: in tasca aveva riposto anche i trucchi e qualche biscotto.

– Ne vuoi uno? – chiese a Walter. Con nuovi salti e nuove acrobazie, arrampicandosi e tenendosi stretta alla coperta per non cadere, fu di nuovo sul letto e offrì un biscotto a Walter che la fissava stupefatto.

– Ti piace?

Gli fece la domanda guardandolo con amore.

– Hai degli occhi bellissimi – disse lei.

– Anche tu – sospirò lui.

– Grazie, signorino Walter. C'è qualcosa d'altro che potrei fare per te?

Walter la osservò in silenzio. Poi sorrise: – Sai davvero remare senza le braccia? Sai attraversare il mare? – chiese.

– Sì, quando vuoi partire?

– Anche subito.

– Subito non si può. Prima devi mangiare una scatola intera di biscotti, signorino Walter.

– Perché?

– Per diventare piccolo. Non penserai di salire sulla mia barca, grande come sei? La faresti rovesciare.

– Stai dicendo che mi hai fatto mangiare un biscotto magico? – domandò il signorino Walter con un filo di voce, sputacchiando qualche briciola di cioccolato.

– Sì, non te ne sei accorto, caro? Eppure mangiandone uno, sei già un poco rimpicciolito.

10

QUANDO IL SIGNORINO Oscar ritornò con il diario sottobraccio, trionfante per avere copiato con tanta maestria le cinque firme verdi, la mamma narratrice era già rientrata nel distributore.

– Ti è piaciuta la storia? Ho saputo dal nostro signor padre che ti eri addormentato – disse Oscar a Walter. Avrebbe voluto aggiungere anche che, visto che era stata inserita la password e l'accesso alle meraviglie della macchina era ormai concesso solo a lui, era pronto, in cambio di alcuni semplici favori da concordare (riconoscerlo come l'autorità massima della stanza), a procurare al fratello una mamma narratrice ogni volta che lo desiderasse, ma non riuscì ad articolare neppure il più piccolo pensiero, perché la voce gli si spense in gola.

Il signorino Walter era diventato piccolissimo, a giudicare dall'aspetto non doveva essere alto più di venti centimetri.

Oscar ne fu deliziato ma anche un poco turbato.

– Sapevo che eri piccolo, ma non così tanto! – esclamò dopo un silenzio che deliziò, ma turbò anche Walter, che aveva mangiato un solo biscotto e aspettava la notte, come d'accordo, per divorare gli altri.

«Una scatola intera» aveva detto la mamma narratrice. «E domani partiremo.»

L'appuntamento era già stato fissato per la mattina successiva all'alba.

«Consulterò la bussola, il sestante, la rosa dei venti!» aveva pensato Walter mentre abbracciava la sua mamma senza braccia. Ma più tardi era stato sufficiente navigare un po' in Internet, per scoprire che il giorno dopo il mare sarebbe stato calmo e il vento a favore.

Si sentiva forte come il protagonista della storia che aveva ascoltato prima di addormentarsi: anche il Corsaro era piccolo. Così piccolo da potere essere racchiuso tra le pagine di un libro.

Era a questo che pensava Walter, mentre Oscar lo guardava con perplessità crescente.

«Diventare minuscolo mi permetterà di approdare all'isola senza essere avvistato dalle guardie carcerarie che non lasciano sbarcare nessuno sprovvisto di un'autorizzazione scritta» aveva esclamato. «Ma soprattutto mi consentirà di osservare la mamma mentre lavora. Come una piccola mosca che le vola attorno.»

«Come una farfalla, vorrai dire!» gli aveva suggerito la mamma narratrice, offrendogli la scatola di biscotti, prima di scomparire all'interno del distributore.

Il giorno dopo, senza braccia e aiutandosi solo con i piedi e le gambe, lei avrebbe condotto la barca a vela con il vento in poppa.

«La barca a vela?» aveva domandato Walter con la voce rotta dall'emozione.

«Sì, la nostra barca a vela è già ormeggiata in porto.»

A questo pensava e ripensava Walter con emozione crescente, mentre Oscar lo fissava con esultante incredulità negli occhi.

«Sembra impossibile, ma non ci sono dubbi: è stata la mamma strega a ridurlo così. Brava, bravissima, la più brava di tutte! Era ora che mio fratello si riducesse anche nell'aspetto a quel microbo moccioso che è sempre stato!» disse tra sé Oscar con un ghigno sinistro.

11

È L'ALBA: oltre il sentiero che conduce al faro, sotto una siepe di cisti rosa, Emma ha trovato il piccolo di un rapace notturno. È un gufo, una civetta, un allocco? O un barbagianni? No, non ha il viso a forma di cuore, deve essere un assiolo, pensa Emma, un assiolo bruno con un'ala spezzata. Si siede a terra, distante abbastanza da non intimorire la madre nel caso tornasse, e attende a lungo, guardandosi attorno prima di raccoglierlo e portarlo a Pippi.

Pippi ha una larga fessura tra gli incisivi. Quando parla sembra che le parole scivolino via con la stessa leggerezza con cui scivolano le note da uno strumento a fiato.

Il suo crimine, quello per cui ora abita nell'isola carcere, è stato entrare in un negozio di animali e aprire le gabbie che contenevano gli uccelli: canarini, cardellini, pappagalli. Quindi, per dimostrare quanto fosse orribile vivere in un piccolo spazio, soprattutto se si è nati per vivere in uno spazio infinito come il cielo, aveva rinchiuso nello sgabuzzino i due proprietari e i tre commessi, sprangando bene la porta e lasciando loro solo una bottiglia di acqua e un sacchetto di pane.

«Per quanto tempo pensava che avrebbero potuto sopravvivere in quelle condizioni?» gli aveva chiesto il giudice, dopo che un cliente, che voleva acquistare tre piranha per il suo acquario, aveva chiamato la polizia e lo avevano arrestato.

Pippi aveva sorriso.

Non aveva armi e neppure aveva usato minacce o forza fisica per indurre i proprietari e i commessi a entrare nel ripostiglio. Ricostruendo i fatti, due clienti, che volevano acquistare una lettiera per il loro gatto siamese, avevano testimoniato che erano stati la determinazione con cui aveva liberato gli uccelli, il coraggio e l'amore che nutriva per quei piccoli esseri, a indurre chiunque a ubbidirgli.

«Per quanto tempo si può vivere in una gabbia?» aveva risposto Pippi al giudice.

Lo avevano arrestato e trasferito nell'isola dove ora assisteva gli animali feriti: gli uccelli, soprattutto, a cui voleva restituire la libertà del volo.

Quando Emma raccolse il piccolo rapace e lo portò a Pippi, lui si stava prendendo cura di un fringuello che era caduto dal nido: impastava acqua e miglio e, aiutandosi con un bastoncino di legno, lo imboccava, dopo averlo indotto con un lieve *ciiui ciiui* ad aprire il becco.

– Caro Pippi, ecco un assiolo. Quanto ci vorrà perché ricominci a volare?

– Poco, se aggiungiamo alla sua dieta succo di aloe, foglie di tarassaco e decotto di malva.

– Una pozione magica! – esclamò Emma.

Lei doveva ancora fare il giro dell'isola, visitare i vitelli appena nati e le loro mamme. Poi andare al recinto dei maiali: anche lì c'erano i piccoli da salutare.

Quando Walter e la mamma narratrice arrivarono al porto, dove era ormeggiata la barca a vela, Emma, lungo il sentiero che la conduceva alle stalle, alzò gli occhi e guardò il mare.

12

WALTER SEGUÌ le istruzioni ricevute, con molta precisione. Durante la notte, mangiò un biscotto ogni ora, controllando che l'orologio fosse sempre sull'ora e zero minuti. Scese dal letto, si sedette per terra: poco alla volta diventò più piccolo di una mamma contenuta nel distributore. Non provò dolore, neppure solletico o formicolio, solo una sensazione di improvvisa leggerezza. E soprattutto, all'apparire del giorno, né torpore né fatica, nonostante avesse trascorso la notte senza dormire.

Oscar, dal suo letto, mentre cercava di stare sveglio, lottando contro il sonno che lo obbligava a chiudere gli occhi, controllava con allegrezza e stupore crescente la trasformazione del fratello, che, si augurava in cuor suo, terminasse con la sua completa sparizione.

Si congratulava con se stesso per avere desiderato spesso che lui scomparisse e si congratulava con la mamma strega che esaudiva sempre non solo le sue richieste, ma anche i suoi sogni più nascosti.

Eppure qualcosa lo turbava: come avrebbe fatto a giustificare la scomparsa di Walter al padre?

All'alba, vinto dal sonno, non si accorse

che la mamma narratrice era giunta a prendere Walter. E poi era uscita con lui, strisciando, senza braccia, fuori dalla finestra socchiusa come una magnifica principessa serpente. Walter, a cavalcioni su di lei, si lasciava trasportare lungo la grondaia con una gioia immensa. Avrebbe voluto ridere, gridare a squarciagola per la felicità, ma la mamma gli diceva di fare piano, di non svegliare nessuno, che il tempo era favorevole e la vela aspettava solo di gonfiarsi al soffio del grecale.

Quando arrivarono al porto, la barca della mamma narratrice, piccola come una barca giocattolo, era ormeggiata accanto a un immenso veliero a due alberi.

Walter ripensò al Corsaro, risentì l'eco delle parole della storia: *Quando il Corsaro uscì dalla cabina, mantenne un silenzio incantato. Aveva avvistato tre pesci volanti sopra le onde e questo per un pirata era di buon auspicio.*

Anche Walter scorse tre pesci volanti: erano raffigurati sullo scafo del vascello ormeggiato accanto a loro.

– A bordo! – disse la mamma narratrice.

– A bordo – ripeté Walter.

– Issiamo le vele, timone a dritta, fiocco e randa a traverso!

La mamma narratrice, aiutandosi solo con i piedi, piena di audacia e senza nessuna soggezione per il magnifico bastimento che le stava accanto, cazzò il fiocco, lascò la randa, diede alla barra l'abbrivio necessario per giungere in alto mare.

Scivolava silenziosa la barca sull'acqua verso l'isola che si scorgeva in lontananza.

– Balliamo? – chiese a un tratto la mamma.

– Balliamo? – ripeté Walter con un nuovo coraggio misto a stupore.

Fu allora che la mamma narratrice si tramutò in una mamma danzatrice. Ammainò le vele. Lasciò che le onde facessero dondolare la barca. Quindi in punta di piedi, nel pozzetto di poppa, iniziò a muoversi.

Indossava una tunica bianca e, se non lo avesse saputo, Walter non si sarebbe accorto che non aveva le braccia: la sua danza era così lieve da farla sembrare una principessa serpente, ma anche un pesce volante.

13

– SI BALLA, si balla!

– Sulla nostra barca si balla! –. Anche Walter, accompagnando con il corpo il dondolio delle onde, si era messo a oscillare in una danza che lo rendeva radioso, come se non fosse stato su una barca, ma su un'altalena che lo spingeva sempre più su, fino a fargli toccare il cielo con un dito.

«E così credete che io abbia paura della marina inglese?» disse il Corsaro, stringendo tra le mani il ritratto di una giovane donna mora. Era una donna vestita di blu, di un grazioso color indaco che le faceva risaltare gli occhi scuri e il colorito avorio.

«Il tesoro sarà vostro, se lo vorrete. Vostro o di nessun altro, mia diletta» sospirò il pirata.

Quasi ogni notte il Corsaro estraeva da un cassetto quel volto e gli parlava con tenerezza, come se invece di un ritratto fosse stato un volto vero, con vere gote da sfiorare con audaci baci.

Mentre la ciurma controllava sul ponte l'assetto delle vele, e poi lascava o stringeva il sartiame a favore del vento, il Corsaro, nella solitudine della sua cabina, sussurrava promesse di fuoco alla bella fanciulla dal viso orientale.

La barca ballava e avanzava. La mamma narratrice, che sapeva trasformarsi in una principessa serpente e in un pesce volante, non ballava più ma, dritta e imponente come l'albero della vela, raccontava la storia del pirata. E Walter, con la maglietta gonfia di vento, faceva lo stesso: era un ballerino statua, in ascolto, sospeso tra il mare e il cielo. Era la randa e il fiocco che sospingevano lo scafo lontano.

L'isola si stagliava all'orizzonte. A Walter,

che a un tratto aveva ripreso a piroettare su se stesso, ripensando al Corsaro, parve di avvertire, mescolato alla salsedine, il profumo dei cisti, della santolina, dell'erica selvatica, che crescevano lungo i sentieri del promontorio.

– Come ti chiami? – chiese all'improvviso, fermandosi.

– Valerì – rispose la mamma narratrice.

– Lo sai che la mia mamma si chiama Emma?

– Sì, lo so, e so anche che è una grande maga.

– Cura con le erbe e con le storie, come fai tu.

Valerì sorrise, si sciolse dalla sua posizione albero, fece un ultimo passo di danza, poi con le dita dei piedi riafferrò la barra del timone.

– Issa le vele, Walter!

Il vento si era alzato, le onde si erano fatte più grosse, Walter alzò le vele e strinse il vento, permettendo allo scafo di inclinarsi per andare più lontano.

– Non ti mancano le braccia, Valerì? –

chiese, mentre il mare gli spruzzava sale sul viso e sulle mani.

– No, senza braccia entro ed esco dal distributore di mamme con più facilità. E poi ho imparato a fare tutto con i piedi. Lo sai che so anche scrivere e preparare il tè? –. Valerì sorrise, sorrise così a lungo che Walter si chiese cosa stesse pensando.

– A Oscar? Stai forse pensando a Oscar? – domandò.

14

QUANDO OSCAR si era svegliato, un'ora dopo l'alba, aveva cercato ovunque. In cuor suo desiderava che il fratello fosse sparito per sempre, ma più di ogni altra cosa desiderava non essere ingannato. Aprì scatole, spostò mobili, scosse vestiti: Walter poteva essere diventato così piccolo da nascondersi anche tra le pieghe di un lenzuolo. Sotto il letto, Oscar trovò solo due piccole braccia impolverate. Le osservò con attenzione. Non capiva di chi fossero, ma non le riconobbe come quelle del fratello: erano braccia femminili, con le unghie delle mani smaltate di blu. Trasse un sospiro di sollievo. Del fratello nessuna traccia. Si avvicinò al distributore: voleva ringraziare la mamma strega. Ma quando digitò la password e infilò le monete, decise che non valeva la pena sprecare il suo denaro solo per esprimere un po' di gratitudine. Gli occorreva la mamma tassista, piuttosto, e fu proprio quello che chiese.

La mamma tassista si presentò munita di patente e satellitare. Aveva con sé anche un libretto d'istruzioni nel caso Oscar avesse voluto fare un corso accelerato di guida.

– Sai come si cambiano le marce, sai dov'è la frizione, signorino Oscar? – gli domandò con un sorriso molto professionale.

L'auto di Emma, una piccola vettura azzurra, era posteggiata in fondo alla via. Non sembrava difficile guidarla: Oscar aveva condotto macchine molto più potenti, giocando alla PlayStation.

– Bene, mamma tassista, tu siederai accanto a me e mi dirai quello che devo fare.

Scesero in strada, camminando in punta di piedi. Il signor padre stava ancora dormendo. Russava così forte con fischi, ronzii e rantoli che tutta la casa sembrava vibrare insieme a lui.

Oscar aveva le chiavi: le aveva trovate all'entrata, al solito posto.

– Ecco, mamma tassista, sono pronto.

– Ecco, caro, è molto semplice: metti in folle, avvia il motore, schiaccia la frizione, inserisci la prima, schiaccia l'acceleratore. Bravo, bravissimo... Ora fai marcia indietro... sì, un po' avanti, un po' indietro, così. Gira il volante...

La mamma tassista era raggiante, il suo allievo eseguiva le istruzioni con molta attenzione e diligenza.

Quando, uscendo dal posteggio, lui urtò contro un paletto, piegando il paraurti e rigando la fiancata, lei non smise di sorridere.

– Sono cose che succedono! – esclamò. E riprese a impartire gli ordini con molta calma. C'erano semafori da superare, sensi unici da rispettare, rotonde e strade con diritto di precedenza.

La destinazione era il porto: fu lì che Oscar posteggiò l'auto.

Al padre avrebbe detto che l'auto della

mamma non c'era più, perché lei era tornata all'improvviso e molto presto per prendere Walter.

– Senza neppure salutare? – chiese il padre, quando Oscar lo informò della sparizione del figlio minore.

– Sì, aveva molta fretta, il traghetto stava per ripartirc, bisognava correre all'approdo: aveva promesso a Walter di condurlo con sé sull'isola e non voleva deluderlo.

Con la scusa che sull'isola non c'era campo e non era possibile telefonare, il padre, ancora un poco addormentato, credette alla storia di Oscar. Nuovi calcoli ancora più difficili lo avrebbero tormentato tutto il giorno. Ultimamente non si sentiva più capace di risolvere ogni cosa con la stessa leggerezza di una volta. Forse, pensò, se ci fosse stata Emma a incoraggiarlo, sarebbe stato più facile... per fortuna la sua permanenza nel carcere non sarebbe durata ancora a lungo.

15

C'È UN'ASINA dietro la rete che separa il terreno a pascolo da quello coltivato. Emma si china, strappa un ciuffo d'erba e lo porge all'animale. L'asina ha un prato fiorito a disposizione, ma pare gradire solo l'erba che le offre Emma. Emma accarezza la criniera, fa volare via con un movimento della mano le piccole mosche insistenti che le si posano sul muso, tra le narici, attorno agli occhi.

Emma è una veterinaria. Ama gli animali liberi, quelli che pascolano all'aria aperta, che nutrono i loro piccoli, che li accudiscono. Niente a che vedere con gli allevamenti intensivi della sua città, dove gli animali sembrano non avere anima, ma essere solo pezzi di cibo da avvolgere nella plastica o nella carta argentata.

«Oscar e Walter, vado per qualche giorno nell'isola per visitare e curare le mucche, gli asini, i cavalli, i maiali... Là, nell'isola carcere, pensate un po', dove gli uomini e gli animali sono molto più liberi che altrove» aveva detto ai suoi figli prima di partire.

E ora che si volta verso il mare, con un'improvvisa nostalgia, che le fa pronunciare parole che raccontano dei suoi figli, della grande voglia che ha di rivederli, Emma sente il grecale che le soffia tra i capelli.

È allora che nota una nuvola a forma di barca. Non una sola: a un tratto nel cielo le nuvole sembrano tutte a forma di barca, belle barche a vela che si muovono veloci sospinte dal vento.

L'asina raglia più volte. Emma guarda l'asina e il cielo. L'asina segue Emma lungo la rete, raglia ancora più forte per salutarla. Emma la accarezza.

– Ci vediamo domani – sussurra lei.

In lontananza Giustino si sbraccia: ha al guinzaglio un cane scuro e peloso, un incrocio tra cani piccoli e grandi, forse pastori.

– Eccomi – grida Emma, avviandosi lungo il sentiero. Corre, salta, balla. All'improvviso le è venuta voglia di danzare.

– Arrivo, Giustino, arrivo!

Giustino è stato arrestato per il furto di un pullman e di tutti i dolci in vendita nella pasticceria sotto casa.

«Se avessi avuto i soldi, li avrei comprati» disse al giudice. Ma era il primo di giugno, il suo onomastico, e in onore del suo nome quel giorno voleva fare qualcosa di giusto. «Così sono andato all'ospizio della città dove i vecchi raccontano fatti meravigliosi, a cui però nessuno crede più. Ho posteggiato il pullman. Ho fatto salire a bordo tutti i nonni e le nonne, chiedendo loro di portare con sé solo le storie infinite che ricordavano. E mi sono recato al fiume per un picnic. Ah, signor giudice, se avesse visto com'ero felice. Le nonne e i nonni facevano a gara per raccontarmi le storia più belle che conoscevano e io in cambio davo loro bignè, cioccolatini, fette di crostata.»

C'era la storia dell'uomo e del suo cuore, da cui usciva, mentre moriva, un bellissimo uccellino blu; c'era la storia del topo nella minestra; c'era la storia della donna centenaria con la pancia grossa, che aspettava due gemelli; c'era la storia dell'uomo centenario che faceva le prove per un saggio di danza in tutù; c'era la storia del principe che buttava via ogni mattina le sue pantofole rotte, ma ogni sera le ritrovava sotto il letto.

C'erano molte storie, le stesse storie che poi, nell'isola carcere, Giustino raccontò al cane che era stato chiuso in un recinto perché era molto aggressivo e tutti, persino le guardie, ne erano terrorizzati.

16

IL CANE, UN CUCCIOLO di pochi mesi, era stato abbandonato da un visitatore, in una di quelle domeniche estive in cui il carcere era aperto e i parenti e gli amici affollavano il traghetto che li conduceva all'isola. Era una festa ovunque: tavole imbandite, tuffi in mare, giochi sulla spiaggia per i bambini. Il cucciolo aveva saltato e corso con tutti. Al tramonto quando il traghetto era ripartito, il cane era rimasto solo di fronte al molo, incapace di trovare chi lo avesse portato con sé. A nulla erano serviti le indagini delle guardie, l'avviso fatto dall'altoparlante della nave. Aveva parlato il capitano in persona: un cucciolo si era smarrito sull'isola, il proprietario era pregato di tornare a riprenderlo con il traghetto delle nove, il mattino dopo.

Nessuno era tornato e il cucciolo era stato allevato da una guardia, Clemente, un uomo gentile che aiutava i detenuti a mungere, a spargere il letame nell'orto. Conosceva anche molte canzoni: le cantava alla sera quando, come capitava spesso, si intratteneva a giocare a carte con i prigionieri.

Intanto il cane che si chiamava Lupo era diventato grande e quando Clemente si era ammalato ed era dovuto partire all'improvviso, senza poterlo portare con sé, Lupo, per il dolore di essere stato abbandonato di nuovo, era diventato così aggressivo, che le guardie e i detenuti avevano dovuto rinchiuderlo in un recinto, per evitare che mordesse tutti coloro che cercavano di fargli una carezza.

Gli passavano il cibo da una feritoia, ma nessuno osava entrare nel recinto, neppure Pippi che pure odiava così tanto le gabbie e più di una volta aveva pensato di liberare Lupo, ma poi, temendo per gli uomini e per gli animali, pur a malincuore, aveva rinunciato.

Quando finalmente nell'isola era arrivato Giustino, con un bagaglio intero di storie nella mente e nel cuore, e si era avvicinato al recinto e aveva iniziato, con la stessa delicatezza con cui Pippi parlava agli uccelli, a narrare al cane i suoi racconti (quelli che gli avevano narrato i nonni il giorno del magnifico picnic lungo il fiume), Lupo aveva smesso di abbaiare e di mostrare i denti. E si era accucciato dietro alla rete, guaendo talvolta, se Giustino cambiava il tono di voce.

C'era voluta una settimana intera, giorno e notte: Giustino, grazie al permesso del direttore del carcere, non aveva mai abbandonato il cane. Con la stessa letizia e meraviglia che aveva provato al fiume, aveva continuato a raccontare storie stupefacenti, che il cane ascoltava muovendo di tanto in tanto le orecchie e la coda.

Alla mattina del settimo giorno, sempre

proseguendo a raccontare, Giustino era entrato nel recinto e si era fatto annusare, poi aveva accarezzato il cane, mentre attorno a lui, oltre la rete, guardie e detenuti trattenevano il fiato.

Lupo era diventato docile, un cane mansueto che aveva ancora voglia di correre e saltare.

Erano andati alla spiaggia Lupo e Giustino a dare la caccia ai granchi, a giocare con le onde, a fare il bagno.

«Anche il mare racconta storie incantevoli a chi le sa ascoltare» aveva detto Giustino prima di addormentarsi sulla sabbia accanto a Lupo. Nelle orecchie aveva il suono delle onde, il canto delle sirene, quello che si ode portando una conchiglia all'orecchio.

17

IL SIGNORINO OSCAR era andato a scuola. I compiti svolti dalla mamma maestra erano perfetti, eseguiti con molta diligenza. Anche le firme false erano state tracciate con estrema precisione.

Dopo una predica piuttosto lunga e farcita da parolone e iperboliche apposizioni, la maestra d'italiano aveva riammesso Oscar in classe con la preghiera di non comportarsi più come un fungo velenoso, una pietra sullo stomaco, un orologio ritardato.

Persino i compagni gli avevano sorriso, mentre si recava al suo banco, anche se

Oscar non li aveva degnati neppure di uno sguardo.

«Dov'è finito mio fratello? Dove lo avrà nascosto la mamma strega?» continuava a chiedersi.

A un tratto il pensiero che una delle mamme del distributore, seppur interpretando alla perfezione i suoi desideri, avesse potuto agire senza prima avere ricevuto un preciso comando, lo spaventò fino a renderlo verde dal terrore.

Non c'era tempo da perdere.

Il rischio era troppo grande.

«E se anche Walter, prima dell'inserimento della password, avesse dato alla mamma strega lo stesso comando o semplicemente avesse avuto lo stesso desiderio?» si chiese Oscar. «E se toccasse ora a me scomparire, dissolvendomi al primo soffio di vento come polvere sul davanzale?»

La risposta di Oscar non ammetteva indugi.

Bisognava liberarsi del distributore, il più presto possibile.

Accusando un improvviso mal di pancia,

ottenne il permesso di tornare a casa. Non dovette neppure fingere troppo e neppure chiedere di chiamare il padre.

A un tratto anche la preside dimenticò il regolamento che impedisce a un ragazzo di tornare a casa da solo fuori orario e soprattutto se non si sente bene.

Quando Oscar uscì dall'aula, maestra e compagni fecero tutti insieme un formidabile sospiro di sollievo.

18

IN CAMERA IL DISTRIBUTORE non c'era più.

Tre mamme stavano riordinando la stanza. Spazzavano e lucidavano dove le ruote del carrello avevano lasciato segni sul pavimento. C'era molta polvere negli angoli e sotto il letto.

– Cosa state facendo? – chiese Oscar.

– Stiamo smacchiando, sgrassando, rassettando.

– Stiamo pulendo e sistemando.

– Stiamo traslocando.

Le mamme avevano parlato una dopo l'altra, con un tono gentile e grandi sorrisi, ma continuando a svolgere con lena il loro lavoro.

Una delle tre mamme aveva trovato le braccia della mamma narratrice sotto il letto e ora le lavava con una spugna umida.

– Sono le braccia di Valerì. A lei piace così tanto fare tutto con i piedi. Quando torna a cercarle, dille che le abbiamo noi, signorino Oscar. Lei sa dove trovarci.

Oscar era stupefatto: non riusciva a capire cosa stesse accadendo.

– Lei sa dove trovarvi? Non capisco, dove state andando?

– Stiamo andando via, signorino Oscar. Non restiamo mai più di qualche giorno nella stessa casa.

– Ci sono molti bambini in città e tutti hanno il diritto di giocare con il nostro distributore.

– Non lo sapevi?

Le tre mamme sorrisero, si guardarono attorno, sorrisero di nuovo.

La camera era stata pulita e riordinata con molta precisione. C'era solo da rimontare parte dell'armadio, «ma questo tocca a voi, signorini» avevano detto le mamme.

Oscar era così sorpreso e sbigottito che aveva perso tutta la baldanza che aveva di solito.

– Arrivederci!

– State bene!

– Non litigate troppo!

– Studiate ed eseguite ogni giorno i vostri compiti con diligenza!

– Lavatevi sempre le mani prima di mangiare!

– Arrivederci.

– State bene!

– Non litigate troppo!

– Studiate ed eseguite ogni giorno i vostri compiti con diligenza!

– Lavatevi sempre le mani prima di mangiare!

Le mamme erano già sulla porta, da dove mandavano baci e pronunciavano saluti e raccomandazioni, pronte a ripetere ogni parola all'infinito, se fosse stato necessario, quando Oscar le fermò.

– Almeno ditemi dov'è il distributore, chi l'ha portato via e dov'è mio fratello! È sparito? È stata la mamma strega a rapirlo, vero? Rispondete, rispondete, per favore!

Le tre mamme tacquero, sembravano impreparate di fronte a quelle insistenti domande. Si consultarono a lungo, bisbigliando tra loro in gran segreto. Dopo un tempo che a Oscar sembrò non trascorrere mai, una dopo l'altra risposero: – Il distributore è stato trasportato in un luogo di cui non siamo autorizzate a svelare l'indirizzo. Sono molto forti le mamme: quando vogliono una cosa non si fermano davanti a nessun ostacolo!

– Tuo fratello non è stato rapito. La mamma strega non compirebbe mai un'azione così penosa. La mamma strega è una magnifica mamma di prestigio, signorino Oscar.

– Il signorino Walter è con Valerì. Ha imparato a fare tutto con i piedi. Anche ballare e timonare una barca. Tra poco approderà all'isola carcere, signorino Oscar, non lo sapevi?

A quelle parole, Oscar svenne. Si accasciò sul pavimento in preda a un fortissimo giramento di capo.

– Non abbandonatemi! – sussurrò con voce sinistra, mentre si ripiegava su se stesso come una marionetta.

Ma le mamme avevano fretta e avevano già salutato il signorino a lungo. Non fecero fatica a riconoscere nel comportamento di Oscar un nuovo trucco, uno di quelli che aveva appreso dalla mamma strega.

– *Goodbye, auf Wiedersehen, au revoir!* – esclamarono, afferrando stracci e scope. Erano mamme pronte a tutto, anche a insegnare le lingue straniere ai loro bambini.

19

IL VELIERO CON I TRE PESCI volanti raffigurati sullo scafo è dietro di loro, Walter si volta, lo guarda incantato, ma ecco che la barca subito li supera, lasciando una lunga scia bianca. È un veliero maestoso con due alberi e i velacci e i controvelacci stretti al vento.

Walter agita la mano, cerca di salutare, di comunicare la meraviglia che prova di fronte a una barca così grande e bella, ma il pirata al timone del veliero, perché senz'altro di un pirata si tratta, pensa Walter, non sembra essersi accorto di lui e della minuscola vela che solca il mare diretta all'isola.

Anche il velicro si dirige verso l'isola carcere: Walter ne è sicuro.

Valerì sorride a Walter: ha compreso i suoi pensieri e ricomincia a narrare.

– *Il bastimento procede tuffando il bompresso nella pallida luce del mattino. E il Corsaro, che sorveglia la rotta, alza il quadrante dotato di vetri colorati verso il sole, per determinare la latitudine. La ciurma corre ai bracci in attesa di nuovi ordini.*

– *Imbrogliate la vela maestra e la randa! Barra a tribordo! Gettate il solcometro!* – risponde Walter con voce possente.

Valerì e Walter, il volto illuminato dalla luce del mattino, continuano a raccontare. Lo fanno insieme, uno dopo l'altra, ripetendo e reinventando la storia che amano così tanto.

mare
veliero
pirata
scialuppa
corsaro
goletta

– Il pirata è arrivato in porto: scende a terra, mentre dal cielo piovono granate e proiettili.

– Il governatore dell'isola carcere lo riceve tremante di paura. Il pirata si fa consegnare tutti i prigionieri!

Valerì scoppia a ridere.

Walter a un tratto si sente il pirata pronto a fare fuoco e fulmini, pur di farsi riconsegnare la mamma e riportarla a casa. Grida, impartisce ordini. Il mare lo bagna, spruzzandogli il viso.

Nessuno ostacola il Corsaro: dopo avere caricato i prigionieri e issato di nuovo le vele, fugge via.

– Filiamo a sedici nodi, ce la possiamo fare!

– La goletta del governatore li insegue: il pirata e gli uomini della ciurma, aggrappati ai sostegni del sartiame, saltando e issandosi gli uni sugli altri sono pronti a lanciarsi sul ponte della nave nemica.

– «La goletta ci darà filo da torcere, ma io sono deciso a farmi inseguire fino al Polo Sud, se è necessario» dice il pirata.

Valerì sorride ancora, tra golette e velieri, la loro minuscola barca adesso sembra solo un puntino, un piccolo pesce che vola.

– Quando arriveremo all'isola nessuno ci noterà. Saranno tutti troppo occupati ad accogliere il veliero in porto – sussurra all'improvviso.

20

Il vascello gettò l'ancora al largo. Aveva la chiglia troppo profonda per potere approdare al molo dell'isola, che era destinato solo alle piccole imbarcazioni.

Così il pirata si calò in una scialuppa e remando arrivò al pontile.

Walter seguiva lo sbarco, scrutando dentro un lungo cannocchiale, che aveva appena messo a fuoco. Era stata Valerì a porgerglielo con delicatezza, stringendolo tra le dita del piede destro, dopo averlo disseppellito da sotto un mucchio di salvagenti e parabordi, buttati alla rinfusa nel pozzetto di prua.

«Ora ci sarà battaglia. Il governatore chiamerà a raccolta le sue guardie, ma i prigionieri, già pronti sul molo, si tufferanno in mare e fuggiranno con il pirata e la sua ciurma» diceva tra sé Walter.

Quale fu la sua sorpresa quando vide il pirata attraccare tra i saluti festosi della folla che era venuta ad accoglierlo e il governatore (perché quel signore alto e grosso che portava sul petto una fascia con i colori dell'arcobaleno doveva essere il governatore, pensava Walter) stringere la mano del Corsaro con molto calore.

C'era anche una donna sul molo. Il cuore di Walter fece un salto di gioia: quella bellissima signora che, come il governatore, accoglieva il pirata a braccia aperte era Emma, la sua mamma.

– Oh, farfalle di tutti i colori! – gridò Walter, mentre la piccola e leggerissima barca a vela di Valerì, approfittando di un improvviso aumento del grecale, correva veloce verso l'isola, con il vento in poppa. – Oh, farfalle! – ripeté Walter. – Nel cielo dell'isola volano migliaia di farfalle!

21

SUL MOLO C'ERA PIETRO e attorno a lui c'erano le guardie e i detenuti che lo avevano accompagnato.

Pietro aveva scontato la sua pena e ora che stava partendo dall'isola carcere salutava tutti, stringeva mani, abbracciava al cuore gli amici.

La sua fidanzata, quella a cui aveva regalato la statua della dea egizia, lo attendeva al porto della città, sulla costa, al di là del mare, dove lui e lei si sarebbero sposati e avrebbero arredato la loro casa con statue intagliate e scolpite insieme. Pietro voleva diventare uno scultore, ma anche continuare ad allevare le mucche, cantando canzoni e pettinandone il manto pezzato, per rendere il loro latte ancora più buono.

E per rendere anche quel giorno un giorno ancora più bello, il direttore del carcere, l'uomo che indossava la fascia arcobaleno, aveva chiesto al capitano Angelo Italiano di arrivare all'isola come faceva sempre, timonando il Vascello dei Pesci Volanti.

Angelo era il capo dei pompieri della città dove vivevano Walter e Oscar, un uomo così amante dell'acqua e così capace di spegnere ogni incendio che si diceva avesse il coraggio di mille corsari.

Da giovane aveva fatto tre volte il giro del mondo sulla sua barca facendosi sospingere dal vento. Aveva aiutato popolazioni colpite da terremoti, nubifragi, eruzioni di vulcani. A tutti aveva trasmesso forza e coraggio. Ora che era più vecchio amava accompagnare alla libertà i detenuti che avevano scontato la loro pena. Lo faceva con il suo vascello armato di vele bianche, e spinnaker colorati che si gonfiavano con il vento in poppa o di traverso. Sullo scafo aveva dipinto tre pesci volanti, gli stessi pesci che aveva dipinto il Corsaro intrepido e innamorato nella storia che anche Angelo aveva letto e riletto da bambino. Era un pirata coraggioso che non temeva nessuna avversità, pronto a dare battaglia contro ogni ingiustizia, ma era anche un pirata cortese e delicato che in gran segreto custodiva in un cassetto il ritratto della donna vestita di blu.

– Gentile signora – disse Angelo Italiano, inchinandosi e baciando la mano di Emma con molto garbo. – Gentile signora, quante farfalle! È come se tutte le crisalidi delle isole dei sette mari si fossero date appuntamento qui per aprire le loro ali nello stesso momento.

Emma sorrise.

I bruchi avvolti in bozzoli di seta, quelli raccolti sulla passiflora, si erano trasformati in farfalle rosse, blu, verdi. Volavano tra gli abbai festosi di Lupo, tra le braccia alzate, tra gli sguardi increduli delle persone che si erano radunate per augurare ogni gioia a Pietro.

La scatola di cartone foderata di foglie, dove erano state custodite le crisalidi, era aperta, abbandonata su una panchina del molo. Nessuno la guardava, nessuno comprendeva quale fosse il segreto che aveva contenuto.

Qualcuno aveva preparato una torta, altri un vassoio di pasticcini. Guardie e carcerati si erano avvicendati in cucina per giorni. I dolci erano stati avvolti nella carta argentata: un regalo per Pietro, un augurio per un futuro senza amarezze.

Ora tutti sventolano il fazzoletto. Pippi e Giustino hanno gli occhi lucenti per l'emozione. In lontananza anche gli asini e le mucche ragliano e muggiscono.

Il direttore del carcere con la fascia arcobaleno sul petto saluta di nuovo Angelo Italiano, saluta Pietro, gli augura buon viaggio.

Pietro sale sulla scialuppa. Angelo rema: il vascello li attende.

Walter e Valerì hanno attraccato tra gli scogli: una barca minuscola, invisibile.

Scendono a terra, osservano ogni cosa, nascosti dietro una siepe di rosmarino.

Mentre Pietro trasborda, Walter avverte uno strano formicolio sulla punta delle dita, poi qualcosa che prude, che pulsa, che cresce.

Il suo corpo sta tornando a essere quello che era.

22

QUANDO OSCAR si ritrovò da solo, in camera, abbandonato da tutte le mamme del distributore, dopo un iniziale sgomento che per poco non lo fece svenire davvero, pensò che, se Walter era riuscito ad andare nell'isola carcere, non c'era nessun motivo perché non ci potesse andare anche lui.

– Devo fare in fretta – disse. – Devo andare al porto e imbarcarmi sul primo traghetto.

C'era un traghetto che stava per partire e un solo posto libero.

Acquistò il biglietto, mentre i motori erano già accesi e il capitano, affacciato sul ponte di poppa, gli urlava di fare in fretta: i giapponesi sono un popolo molto puntuale.

«Molto puntuale e molto gentile» pensò Oscar.

Il traghetto ospitava una compagnia di viaggiatori orientali che voleva fare il giro delle isole del promontorio e si inchinò al suo passaggio con molti sorrisi e molto garbo. E mentre lui si rifugiava in una poltrona della sala di prua, come una talpa dentro una tana, non faceva altro che sorridergli ancora, ripetendo *kawaii kawaii.*

– Carino, carino, *kawaii* significa carino – disse una signora giapponese tra nuovi sorrisi e nuovi inchini. Era in piedi accanto a Oscar e aveva una borsa sulla spalla e una macchina fotografica al collo. – Viaggi da solo? Nel caso ti offrirei una tazza di brodo.

– Mmm… – disse Oscar. – Quasi quasi.

La donna estrasse dalla borsa piatti, cucchiai e un thermos di acciaio.

– Assaggia, ti piace?

La minestra non era il suo piatto preferito, ma Oscar aveva fame e il sapore non era repellente.

– Buono, grazie – rispose.

– Buono? – storse il naso la signora, sorbendo a sua volta il brodo con rumorosi risucchi. – Non mi sembra. Ma se non ti piace, puoi lasciarlo –. E allungò la mano per riprendersi il piatto.

Per poco il piatto non cadde, in bilico com'era tra le mani di lei e di lui, ma alcune gocce di brodo sporcarono i pantaloni di Oscar, e la donna, rossa per la vergogna, non sapeva più come inchinarsi per scusarsi. Anche tutti gli altri passeggeri giapponesi che erano nella sala si inchinarono: lo fecero soprattutto per abbassare gli occhi e non mettere Oscar in imbarazzo con il loro sguardo.

– Insomma, che ti prende! – gridò lui, che aveva ancora fame.

– Non fai rumore, non schiocchi la lingua, non sbatti la bocca, segno che quello che ho cucinato non ti piace – rispose la signora giapponese con un filo di voce.

Oscar scoppiò in una fragorosa risata.

Ecco un'altra mamma che gli garbava parecchio. Non si fece pregare: riprese il piatto e iniziò a succhiare la minestra facendo i più terrificanti e disgustosi versi che gli venivano in mente, e quando ebbe ingollato anche l'ultimo sorso di brodo sorrise soddisfatto.

– *Kawaii kawaii!* In Giappone, se gradisci una pietanza, lo fai sentire – disse la signora con improvvisa gioia.

– Oh! – esclamò Oscar. – Allora il Giappone è un paese meraviglioso. In Italia se si fa rumore con la bocca, le mamme cominciano a cantilenare una tale lagna di rimproveri.

– Mi dispiace, allora vieni a vivere in Giappone – propose lei. – Lì i bambini sono molto educati. Lo sai che nelle scuole non ci sono i bidelli?

– Davvero? – chiese Oscar. Non capiva perché: adorava fare scherzi ai bidelli.

– Sono gli studenti insieme agli insegnanti che puliscono le aule, lavano i vetri e i pavimenti.

– Anche i bagni? – domandò Oscar con ribrezzo.

– Sì, anche i bagni. In Giappone le assi del gabinetto sono dotate di riscaldamento, di uno spruzzo per il bidet e di un comodo telecomando. I bambini da noi non hanno paura di nulla e salgono in metropolitana da soli anche a sette anni. E se hanno sete, caro il mio *kawaii*, si fermano dove vogliono, perché ogni cento metri c'è un distributore.

– Un distributore?

Fu in quel momento che Oscar si accorse che la signora giapponese parlava un perfetto italiano ed ebbe un presentimento.

– Anche un distributore di mamme?

– Certo. È l'ultimo brevetto della fabbrica per cui noi tutti lavoriamo. Siamo venuti in Italia per provare l'effetto che fa.

A quelle parole con molto slancio i giapponesi presenti nella sala fecero un inchino ancora più profondo. Anche quelli che erano seduti si alzarono per inchinarsi meglio.

23

– È COME UN FIORE di ciliegio. È bello, ma dura poco.

– Che cosa?

– Il distributore di mamme – rispose la signora giapponese.

Oscar si guardò attorno. Gli altri passeggeri giapponesi, quelli che prima si erano inchinati, erano tornati alle loro occupazioni: chi fotografava gli amici, chi mangiava intingendo le bacchette dentro una ciotola di porcellana, chi si avviava verso la porta per recarsi sul ponte.

Il traghetto avrebbe fatto il giro turistico dell'arcipelago, prima di approdare nella baia dell'isola carcere, dove il capitano avrebbe scaricato i medicinali che gli erano stati richiesti via radio dal direttore.

I passeggeri, affacciati al ponte, non volevano perdere lo spettacolo delle isole che diventavano sempre più grandi, man mano che la nave si avvicinava alle loro coste.

Oscar sorrise alla signora.

– E ora il distributore dov'è?

– Nella casa di qualche bambino. Un giorno sarà anche nella tua, *kawaii*. Abbiamo previsto tutto: numero dei bambini, numero dei giorni, numero dei distributori.

– Non capisco – rispose Oscar, anche se gli sembrava di capire benissimo: voleva solo saperne di più.

– La nostra ditta ci ha mandato in delegazione per una prova. Io sono la responsabile, perché parlo la lingua del tuo paese. Ma i miei compagni hanno studiato insieme a me anche il più piccolo dettaglio. Ogni bambino della tua città troverà il distributore sotto casa e lo porterà nella sua stanza. Solo per qualche giorno, naturalmente: le cose bellissime sono come fiori di ciliegio.

– E poi?

– E poi, se il distributore avrà il successo che merita, se i bambini saranno felici, i sindaci di tutte le città lo acquisteranno da noi e lo metteranno sempre a disposizione dei ragazzi, il giorno del loro compleanno. E ora se mi vuoi scusare, *kawaii*, andrei sul ponte a fare qualche foto.

– Sì, sì – rispose Oscar in modo distratto. Stava pensando alla sua mamma strega, campionessa dei più fenomenali e raccapriccianti scherzi mai inventati: avrebbe dato qualsiasi cosa per scoprire dove fosse finita.

La signora era già sulla porta, quando si volse, sorrise e tornò indietro.

– Puoi farmi un piacere? – chiese, mentre si sedeva di nuovo accanto a Oscar. – Nella mia borsa è contenuto l'elenco degli indirizzi in cui si trovano i distributori. Non vorrei che il brevetto e tutte le notizie relative cadessero nelle mani nemiche della concorrenza. Puoi controllare che nessuno si avvicini alla mia borsa, mentre mi assento per qualche minuto, *kawaii*?

Con quale piacere Oscar rispose sì, inchinandosi una, due, tre volte, per ringraziare la signora per la fiducia e l'onore che gli erano stati accordati.

«Neppure la mamma strega mi avrebbe dato un'occasione così formidabile» pensò Oscar, mentre seguiva con occhi impazienti i movimenti della signora giapponese che si allontanava dopo avere sorriso ancora ed essersi a sua volta inchinata innumerevoli volte.

La sala di prua si era quasi completamente svuotata: i giapponesi erano tutti affacciati alla murata di poppa. Seduti ai loro posti c'erano solo alcuni gruppi di italiani che conversavano tra loro.

Oscar sapeva di non avere molto tempo. Si guardò in giro un'altra volta in modo furtivo e poi, senza più nessun indugio, aprì la borsa della signora. Era una borsa piuttosto capiente, su cui erano raffigurati alcuni ideogrammi giapponesi.

– Cosa stai facendo? – chiese il capitano.

24

– MAMMA! – sussurra Walter tra sé.

Walter è di nuovo grande, è il bambino che era. Dietro il cespuglio di rosmarino, così profumato e fiorito, stringe Valerì tra le mani, tra i piedi, la fa volare in alto tra i fiori azzurri come si fa con i bambini piccoli, gioca e usa le gambe come fa lei. È un acrobata equilibrista e all'improvviso la alza sulle punte dei piedi, per mostrarle finalmente la sua mamma vera.

Ed ecco Emma sul molo: pare così gioiosa. Tutti le sono accanto, si complimentano, la ringraziano. Il direttore soprattutto la elogia più volte per il lavoro svolto, per

come ha saputo prendersi cura degli asini, delle mucche, di ogni animale.

– Sembra che le farfalle siano venute qui al porto a ringraziarla a nome dell'intera isola! – esclama.

Walter è così emozionato: è grande e fa un po' fatica a nascondersi. Teme che qualcosa di lui, le dita, gli occhi o un ciuffo di capelli arruffati possano spuntare tra le foglie del rosmarino selvatico e rivelare la sua presenza. Non vuole essere scoperto: non ancora.

Vuole spiare ancora la sua mamma felice. Lui che all'improvviso si era immaginato che l'avessero rinchiusa a forza in quella prigione e che non volessero più restituirgliela.

– È proprio bella, la tua mamma, e deve essere anche molto brava! – dice Valerì. – Sembra uscita da una storia. Una di quelle storie che finiscono con: *e vissero felici e contenti*. Sì sì, felici e contenti – ripete Valerì. – Ora devo andare. Immagino che tu non voglia più tornare a casa con la mia barca!

E ride Valerì, grattandosi a un tratto il naso con l'alluce del piede destro.

In quel momento si sente il suono di una sirena. Un traghetto si è fermato davanti alla costa. Poi un altro suono, quello di una catena srotolata tra le onde. Quando l'ancora è gettata, una scialuppa viene calata in mare.

Walter si sporge dal cespuglio.

C'è un bambino, nella scialuppa. Accanto a lui, tra pacchi di viveri e medicinali, si riconoscono dall'abito che indossano il capitano e un marinaio che rema.

– Oscar! – grida Emma dal molo.

– Oscar! – esclama Walter. – Cosa ci fa qui mio fratello?

La curiosità spezza ogni esitazione.

– Oscar! – grida ancora Walter.

– Walter! – grida Emma confusa.

Walter è uscito dal cespuglio dietro cui si era nascosto e corre verso il molo.

Emma ha visto i suoi due figli ed è sopraffatta dalla gioia, ma anche dalla paura che sia accaduto qualcosa di spiacevole.

– Mamma! – gridano Oscar e Walter.

Walter a un tratto si volta. Valerì è un puntino bianco che si muove tra le onde. Il mare è calmo e nel cielo volano le farfalle.

25

L'ABBRACCIO SEMBRAVA non finire mai. I due ragazzi stringevano la madre, la coprivano di baci.

– La mia mamma! – gridava uno.

– La mia mamma! – gridava l'altro.

La stringevano, la baciavano, la strattonavano persino.

– È mia – disse Walter.

– No, è mia! – rispose Oscar senza mollare la presa. Tirava forte e per poco Emma non scivolò sul pontile bagnato, cadendo a terra.

Sulla banchina, il direttore del carcere aveva appena accolto il capitano del traghetto e non sembrava badare molto alla scena.

Ma Pippi e Giustino scuotevano la testa e Lupo abbaiava. Anche le guardie sembravano turbate.

In lontananza, sulla nave ormeggiata, oltre la scialuppa su cui era rimasto in attesa il marinaio, un gruppo di giapponesi osservava in silenzio. Ognuno di loro aveva un piccolo cannocchiale appeso al collo.

Emma ricambiava gli abbracci, aveva gli occhi lucidi, era così emozionata.

– Cosa ci fanno qui i miei tesori? I miei amati figli da dove sono sbucati?

Fu un colpo per lei scoprire che Walter era arrivato in una barca vela poco più grande di una mano e Oscar era stato arrestato e condotto dal capitano all'isola carcere per scontare la sua pena.

– Ha rubato, ha frugato nella borsa di una gentile signora giapponese. Ha cercato di impossessarsi di documenti molto riservati – spiegò il capitano del traghetto al direttore e a Emma che lo ascoltava stupefatta.

Chissà se i giapponesi capirono, o se qualcuno più tardi raccontò loro come si svolsero i fatti.

Oscar riconobbe di avere aperto la borsa. All'inizio disse che lo aveva fatto solo per cercare una caramella e un fazzoletto di carta, così come faceva quando apriva la borsa della mamma. Poi, incoraggiato da Emma, ammise le sue vere intenzioni. Raccontò del distributore, della mamma strega, degli scherzi che gli piacevano tanto, quello dell'aereo soprattutto.

– Sì, anche a me piacerebbe volare! – esclamò a un tratto.

– Allora Oscar dovrà prendersi cura degli uccelli. E così facendo si prenderà cura di sé – fu il verdetto. Lo pronunciò Pippi, all'improvviso, tra il silenzio e lo stupore di tutti. – E per questo non avrà nessun bisogno di restare confinato nell'isola – aggiunse, scoppiando in una fragorosa risata che scoprì la larga fessura che aveva tra gli incisivi. Una fessura da cui passavano le parole, ma anche i suoi pensieri.

«Pensieri di libertà!» rifletté Emma.

«Gli unici pensieri che ci permettono di volare.»

– E come farò a prendermi cura degli uccelli? – chiese Oscar dopo avere esitato per qualche istante.

– Raccoglierai ogni giorno le briciole dalla tavola e ogni mattina, andando a scuola, le lascerai cadere sulle aiuole, tra gli alberi, l'erba e i fiori dei giardini.

– E gli uccelli?

– I passeri, i fringuelli, i cardellini, i tordi? Ti seguiranno mentre cammini, Oscar. Oltre alle briciole, potrai regalare loro anche semi di miglio e di girasole. O qualche fiocco d'avena o di altri cereali – rispose Pippi.

– È questa la mia punizione? – chiese Oscar con una serietà che Emma e Walter non conoscevano.

– Sì – rispose il direttore del carcere, sorridendo a Pippi. – Se la tua mamma è d'accordo.

Fu allora che Oscar si guardò attorno. Osservò ogni persona, il fratello soprattutto, quello che quando era nato gli aveva rubato la mamma.

Ma Emma, con il volto radioso, disse che era d'accordo, che non vedeva l'ora di raccogliere le briciole insieme a suo figlio e anche Walter, che era stato zitto fino a quel momento, disse che invidiava Oscar, perché lui una punizione così bella, non l'aveva mai avuta. Pippi aggiunse che prendersi cura degli uccelli significava imparare a volare. Anche Giustino annuì e Lupo abbaiò e fece mille feste a tutti, anche al capitano della nave, che non conosceva.

Allora Oscar pensò che ogni mamma ha dentro di sé un distributore, che le mamme infatti non fanno altro che moltiplicarsi. Che non si dividono, ma si moltiplicano sempre: un cuore e un distributore per ogni figlio che hanno.

Si udì uno squillo, poi un altro ancora: i telefoni a un tratto funzionavano e tutti si accorsero che c'era campo. Il direttore parlò con la moglie che viveva sulla costa, le guardie parlarono con i figli, Giustino chiese al capitano il permesso di usare il suo cellulare per parlare con la vecchia madre. I giapponesi riposcro i cannocchiali e tirarono fuori da borse e tasche ogni genere di oggetto elettronico con cui potevano connettersi con il mondo intero.

Emma chiamò il marito. Oscar e Walter parlarono con il babbo, a cui i calcoli all'improvviso erano tutti risultati esatti e ora stava in terrazzo a godersi l'aria primaverile e lo spettacolo del mare che si scorgeva all'orizzonte.

– Lo sapete che il nostro terrazzo si è riempito di uccelli? – disse alla moglie e ai figli che si passavano il telefono cellulare. – E non solo di uccelli, ma anche di mille farfalle colorate!

26

LA STORIA FINISCE QUI.

Anche se poi naturalmente accadranno molti altri avvenimenti. Per esempio, cosa ne sarà dei distributori di mamme? I giapponesi riusciranno a esportarli in Europa, oppure si limiteranno a esportare quella usanza bellissima, per cui a scuola non sono i bidelli a pulire le aule, ma gli insegnanti e gli studenti che le hanno sporcate?

Il signorino Oscar raccoglie le briciole e intanto pensa a come sarebbe bello avere l'asse del gabinetto bollente, specialmente in inverno quando si alza dal letto a piedi nudi e ha freddo. Non gli piace prendere il raffreddore, soprattutto da quando ha saputo che in Giappone è segno di grande maleducazione starnutire in pubblico e che se cola il naso occorre munirsi di una mascherina di cortesia.

Il signorino Walter ogni tanto pensa a Valerì, la mamma che sapeva fare tutto senza braccia, forse perché ogni cosa che faceva e diceva aveva la forza di un abbraccio. Continua a leggere, anche pensando a lei.

Il signor babbo invece continua a fare i conti con molta calma: ormai ogni operazione dà quasi subito il risultato sperato.

E la signora Emma?

Continua a prendersi cura degli animali. Ha uno studio in città, ma una volta alla settimana torna all'isola a curare gli animali che vivono in carcere, che, le piace ripetere, sono gli animali più liberi che ci siano: nessuna gabbia, nessuna stalla chiusa, nessun mangime chimico, nessuna inseminazione artificiale.

Anche gli uomini che li accudiscono e scontano la loro pena diventano ogni giorno più liberi: sanno sognare, sanno volare con l'immaginazione. Sono uomini liberi anche se qualcuno li chiama carcerati.

E Pippi, Pietro, Giustino? Emma si augura che un giorno abbiano molti figli e a loro possano insegnare che *sognare è importante, è la suprema libertà di pensare, è la voglia di cambiare, è il destino preso tra le proprie mani*[1].

E Walter e Oscar?

Vogliono cambiare nome.

All'improvviso, una sera di luglio, lo hanno annunciato alla loro mamma e al loro babbo. Non hanno ancora deciso quale sarà il loro nome definitivo, ma su questo sono d'accordo entrambi. Il nome che hanno non lo hanno scelto loro: è ora di cambiarlo.

– Non ve ne siete accorti? – dicono. – Da crisalidi ci stiamo trasformando in farfalle.

---

[1] La frase è tratta dalla postfazione di Antonio Faeti al libro *Pietro che parlava agli animali* di Emanuela Nava (Fabbri, 2001).

Indice

Chi è Emanuela Nava?

Cari bambini,
quando ero piccola, fino ai sette anni, mia mamma mi costringeva a tagliarmi i capelli cortissimi e finiva che, qualche volta, un signore anziano che ci vedeva poco o un negoziante troppo indaffarato a infilare pesche e ciliegie nei sacchetti mi scambiasse per un maschio. Allora gridavo, pestavo i piedi e scappavo. Soprattutto in estate, quando passavamo le vacanze in Liguria e la nostra casa era vicina a un boschetto. Mi arrampicavo su per il sentiero, scavalcavo i terrazzamenti dove crescevano gli ulivi e tiravo le pietre contro le rocce. Quando mi passava la rabbia, tornavo e cercavo la compagnia degli amici. Ma se avevo ancora il muso lungo, finiva che litigavo anche con loro: mi mettevo in un angolo e giocavo per conto mio. È così che ho cominciato a parlare da sola, a raccontarmi un sacco di storie e di segreti che conoscevo solo io. Anche tante bugie: che ero una principessa orientale rapita ancora in culla da una nave pirata o una famosissima cantante che cantava a piedi nudi. Perfino che avevo un innamorato che aveva perduto la testa per me, e di come io, per amor suo, lo accompagnavo nel negozio dove vendono teste nuove.

Emanuela a dieci anni

Tutte le storie in fondo sono bugie belle e buone. E io me ne raccontavo talmente tante che non mi sentivo mai sola. Parlavo a voce alta, gesticolavo, mi sorridevo allo specchio. Credo di essere cresciuta inventando una storia diversa ogni giorno.

Fotografia di Daniela Zedda

Emanuela Nava

Adesso che le storie le posso scrivere e soprattutto le posso raccontare a mio figlio e a voi, sono sempre meno arrabbiata. Mi taglio e mi faccio crescere i capelli come mi pare, sorrido e rido con grande allegrezza.
Se mi torna il malumore, leggo le storie scritte dai grandi scrittori italiani, russi, indiani, israeliani, inglesi, africani, sudamericani. Faccio il giro del mondo, raccontandomi, poi, da sola, a voce alta, almeno due o tre finali diversi.

Emanuela

Chi è Desideria Guicciardini?

Desideria a sei anni

Quando ero piccola amavo moltissimo i libri. Mi piaceva leggerli, guardarli, collezionarli. Ce n'erano però tanti senza illustrazioni. Allora io me le facevo da sola e mi divertivo molto.
Poi ho frequentato il Liceo Classico, dove si legge un sacco ma non si disegna mai. Siccome mi veniva voglia di disegnare quello che avevo letto, lo facevo a casa un po' di nascosto.
Quando sono diventata più grande ho avuto un vero colpo di fortuna. Ho fatto vedere i miei disegni a una casa editrice e subito mi hanno chiesto di illustrare un libro.
Da allora sono passati tanti anni e non ho mai smesso di disegnare. Così, quello che più amavo fare è diventato il mio lavoro!

Desideria Guicciardini

Desideria Guicciardini

Della stessa autrice puoi leggere anche:

Emanuela Nava

Le teste scambiate

Ludovico, un ragazzino timido e pauroso, si ritrova in un mondo popolato da piante carnivore, animali a due teste e draghi che sputano succo di mirtillo velenoso. Un orso gli dice che potrà uscire di lì solo quando avrà trovato la Fontana Stregata, ma per farlo Ludovico dovrà affrontare tutte le sue paure...

Ti è piaciuto questo libro? Allora puoi leggere anche:

Patricia MacLachlan

Baby

Al ritorno da scuola, Larkin trova una cesta davanti alla porta di casa. Dentro c'è una bimba e un biglietto: *Questa è Sophie. Ha quasi un anno ed è molto buona... Un giorno tornerò a prenderla. Le voglio tanto bene.* Ma non è facile amare qualcuno sapendo che forse, un giorno, ci verrà portato via.

Margaret Peterson Haddix

Il mio peggior... amico

È il primo giorno nella nuova scuola e già Dexter odia tutti, il bidello, la maestra, i suoi compagni, che ridono di lui. Ce n'è uno, in particolare, che proprio non sopporta: quel ragazzino grande e grosso, con i capelli biondi pettinati, che fa di tutto per essere suo amico. Chissà perché ci tiene così tanto?